Mychèle Dupuis

CACHE-CACHE

Nouvelles

© 2021, Mychèle Dupuis

Édition : Books on Demand,
12/14 rond-Point des Champs-Elysées, 75008 Paris
Impression : BoD - Books on Demand, Norderstedt, Allemagne
ISBN : 9782322199280
Dépôt légal : février 2021

« L'enfance n'est ni nostalgie, ni terreur, ni paradis perdu, ni Toison d'Or mais, peut-être horizon, point de départ, coordonnées à partir desquelles les axes de ma vie pourront trouver un sens »

Georges Perec

Préface

Dix histoires, dix enfants… Je me suis penchée sur eux avec tendresse pour les observer et les comprendre. Ils n'ont pas la vie facile que les adultes, pour se rassurer, voudraient qu'ils aient.

Ils ont les yeux grands ouverts sur le monde et ils voient très vite que ce n'est pas un paradis. Ils entendent tout, ils comprennent tout. Ils souffrent mais ils ont l'élégance de garder leur apparence insouciante. Ils sont forts et lucides. Ils sont invincibles parce qu'ils ont de la vie à revendre. Ils osent tout. Ils deviennent parfois les tuteurs des adultes. Ils élèvent des barricades de rires et de turbulentes bêtises pour faire croire à leur innocence et pour donner aux adultes le beau rôle de les protéger.

En réalité, ce sont eux les puissants qui savent la vie. Ils vont presque tous survivre, grandir et forger des carapaces, pour honorer le germe de vie qu'on leur a confié. Puissent-ils devenir de beaux adultes à la mémoire infaillible. Puisse-t-elle, cette mémoire, les convaincre de regarder, à leur tour, la merveille qu'est un petit d'homme, avec toute l'affectueuse attention et le respect qu'elle mérite.

C'est ce que je me suis promis, le jour de mes dix ans.(Je me souviens très précisément de la scène) et, j'espère avoir tenu ma promesse envers tous les enfants , les centaines d'enfants, que j'ai rencontrés dans ma vie professionnelle et que j'ai aimés et, envers les miens , grands et petits, qui sont le cœur de ma vie.

Je dédie ce livre à mon père qui m'a donné la plus douce des enfances.

Mychèle Dupuis

Le frangin

C'était un meuble, juste un peu plus encombrant, un peu plus malodorant.

- Une croix, disait sa mère, une croix si lourde à porter…

- Qu'ai-je fait au Bon-Dieu pour mériter cela ? ajoutait-elle. S'il partait, ce serait une délivrance.

- Surtout pour lui, se rassuraient les bonnes âmes.

Elles étaient bien contentes de rentrer chez elles, les voisines, de retrouver leurs chiens et leurs chats, sans doute pas très futés non plus, mais au moins doux à caresser et dont on pouvait botter le train pour qu'ils aillent faire leurs besoins dehors. Bien contentes de retrouver leurs mioches, insolents et bagarreurs, mais droits sur leurs jambes. De se dire que, puisqu'on l'avait, cet idiot-là, dans le village, c'était la meilleure des choses qu'il ne soit pas chez elles.

C'était un mystère, le frangin de ma copine Nicole. Personne ne l'avait jamais vu. Nul doute, qu'il devait faire peur à voir. Depuis toujours, elle prenait grand soin de nous le cacher. A nous de l'imaginer, nain ou géant, bossu, cassé, à coup sûr, difforme, méchant, et dangereux.

Nous jouions souvent sur les quatre marches de l'escalier, devant sa porte, mais nous ne la franchissions jamais. Nous ne posions pas de questions. Cela faisait partie des codes tacites de la bande des filles. Chez Lucette, le rite était d'aller jusqu'à la chambre des parents pour voir le tableau de la femme nue au-dessus du lit. Chez Christiane, on allait chercher les œufs sous les poules. Chez Lydie, on mangeait des longuets archi-durs à s'en casser les dents et chez Nicole, on n'entrait pas.

Cet été là, nous avions pris l'habitude d'organiser une partie de cache-cache tous les jours, à l'heure de la sieste.

Le soleil plombait le village d'un sceau définitif. Des vagues bleutées s'élevaient du goudron de la route, toute odeur et tout bruit éteints. Dans les maisons, on maintenait un peu de fraîcheur, volets fermés et portes ouvertes.

Le courant d'air soulevait les rideaux de coton épais et les lanières de plastique multicolores. Dans les cuisines, les mères s'accordaient un moment de répit, elles trempaient des Thés-Bruns dans leur café. Les petits dormaient. Les pères étaient à leurs tâches. Nous étions maîtres du royaume !

Malgré ses protestations, c'était toujours Lucette qui « s'y collait » la première : le bras replié contre le tronc du platane, la tête dans le creux du bras, elle comptait jusqu'à cent. Nous nous dispersions, de préférence deux par deux, pour éviter l'ennui car les recherches pouvaient être longues pour cette pauvre Lucette. Les cachettes ne manquaient pas, d'un bout à l'autre du village.

Le vieux tacot immobilisé depuis des années sous le hangar de Mireille sentait encore un peu le cuir mais surtout la crotte de poule. C'était un coin tranquille où l'on pouvait tenir conciliabule en guettant l'ennemi, les yeux au ras des vitres. Le verger n'était pas mal non plus : orgies de prunes assurées et possibilités de fuite en longitude et en latitude. Il y avait aussi l'étable, son étage rempli de foin, pour se saouler d'odeurs et le passage à double-entrée sous le château, avec sa trappe, sur laquelle nous ne manquions pas de sauter à pieds-joints, au risque de réveiller les preux chevaliers, morts dans leurs oubliettes.

A cent, tout le monde était caché.

Lucette, brave fille, cherchait mais ne trouvait personne...

C'est ainsi qu'un jour, à la recherche d'une nouvelle cachette, aimantée par le mystère, dévorée de curiosité, et pétrie d'une trouille céleste, je me suis trouvée, seule, devant la maison de Nicole. Et je suis entrée. Poussée par la grosse main du soleil, je me suis faufilée dans la pénombre, en haut des marches, derrière la porte interdite que j'ai aussitôt refermée. Tout au fond de la pièce, il y avait une alcôve, un grand lit à édredon et à côté, un tas informe posé sur une sorte de chaise longue en paille tressée. De ce tas émergeaient, vers le bas, deux grands pieds maigres et blancs, tétanisés, tendus comme ceux du Christ en croix et vers le haut, une tête hagarde, aux yeux fous, à la mâchoire disproportionnée. Des mains osseuses battaient l'air. Il bavait beaucoup, le frangin de ma copine Nicole et c'est vrai qu'il ne sentait pas bon. Pour le tenir à peu-près assis dans son fauteuil, on avait dû l'attacher avec une grande bande de tissu en travers du corps. Son crâne, trop lourd, menaçait de l'entraîner. Ça bavait, ça grenouillait et ça grognait avec du suraigu et des doigts levés en sarments de vigne lorsqu'il réussissait à soulever la tête et à diriger son regard sur moi.

J'étais collée à la porte, tous mes duvets hérissés, de l'eau en rigole entre les omoplates, les tympans en peau de tambour, un paquet de plumes à vomir au fond de la gorge. J'étais poisseuse et j'avais froid, les jambes molles à ne pouvoir m'enfuir, les muscles raides à en tomber.

« Cache-cache, il faut compter jusqu'à cent sinon c'est de la triche. »

J'ai triché, j'ai giclé, hors de là, en vitesse.

Dehors, il faisait soleil, comme avant. Avec en plus des lunes brillantes, des ocelles déformés qui se précipitaient derrière mes paupières et se cognaient à mes tempes.

Désormais, je savais…

Au cœur de mon village, il y avait ce grand Jésus tombé de la croix, malséant à regarder, un qui n'avait jamais été joli dans la crèche, un que les Rois Mages n'avait pas gâté, un que personne n'avait adoré, un sacrifié pour rien. Il y avait un monstre de foire du Trône pour moi toute seule, que je pouvais aller voir tous les jours, sans billet à payer.

J'y suis retournée le lendemain et puis encore le jour suivant, toujours glacée, le dos au mur, aimant ma peur, sûre de mal faire, curieuse, honteuse.

Là-bas, au fond, sur la chaise de paille tout bougeait en désordre. Je voyais la tempête et les efforts dérisoires, la grande bouche tordue qui voulait dire, les tragiques contorsions, la force vaine, tout ce tangage. Et puis les yeux…

Aux yeux seuls affleurait un calme, une barque glissante dans la pénombre des eaux. Les yeux disaient… mais je ne savais pas lire.

J'ai attendu mon rendez-vous encore et encore. Que se passait-il dans ce pauvre crâne cabossé où vivaient seulement les yeux ?

Un jour, j'ai osé m'approcher. Il avait une tignasse terrible, noire, mal taillée, pleine d'épis. J'ai passé ma main là-dedans. Il a gémi un peu, on aurait dit de plaisir. J'ai osé toucher ses mains, tenté de calmer leur crispation. Il se laissait faire et grognait, mon ogre inoffensif.

J'ai apporté des cadeaux, longue plume d'oie dont je faisais crisser les barbules, feuille de platane à éplucher, poussin d'un jour volé à sa mère.

Lorsque les pattes griffues se sont accrochées à son doigt il a crié. J'ai vite ramassé l'oiseau en boule et j'ai frotté le duvet jaune contre sa joue.

Cette fois, j'en étais sûre, il riait. J'ai ri aussi. On était deux. On riait de notre rire. Tout le sucré arrivait dans l'amer, d'un seul coup, tout ce bruit de vie dans la cacophonie du malheur me submergeait. Toutes les vagues se couchaient à nos pieds, gentilles. Les poissons de nos voix sautaient en chœur, brillants, dorés. On savait rire ensemble.

Comme tous les jours, le soleil me cueillit dehors mais toute peur envolée, je riais encore.

Il n'a jamais vu le soleil, le frangin de ma copine Nicole. Il est mort sans l'avoir vu, après si peu d'existence, à peine un nom pour qu'on parle de lui.

Il est mort comme ce rossignol, prisonnier d'une cage, tout en haut de la plus haute tour d'un château et que personne n'avait jamais entendu chanter. Dans sa poitrine grise, les mélodies enfermées donnaient des sarabandes qui le rendaient fou.

Il est mort sans avoir pu dire à personne qu'il avait eu une amie pendant quelques après-midi d'été.

Son grand corps disloqué, enfin apaisé, repose. Un rossignol chante en liberté au-dessus de lui.

Exercice de confinement

Aujourd'hui, la maîtresse nous a dit qu'on allait jouer à un nouveau jeu. C'est comme une grande partie de cache-cache, avec tous les élèves de l'école. On doit tous se cacher partout où on veut pour que les Méchants ne nous trouvent pas.

Les Méchants, je les connais, je les ai vus à la télé. Ils sont habillés tout en noir, avec un bonnet qui descend sur leur figure et juste deux trous pour les yeux.

Ils ont une mitraillette et ils cassent les portes pour entrer chez les gens et ils lancent de la fumée pour leur faire peur. J'ai entendu la maîtresse qui parlait aux parents. Elle a dit que c'était « un exercice de confinement ». Con, je sais, c'est un vilain mot. Et dans finement, il y a comme « fini ». Alors je m'inquiète un peu pour ce nouveau jeu avec des vilains mots qui n'en finissent pas....

Même si la maîtresse nous parle de cache-cache, j'ai comme l'impression qu'elle n'est pas très joyeuse.

Je l'aime bien ma maîtresse. Elle est jolie avec ses longs cheveux qui sentent le gâteau à la vanille. J'adore quand on s'assoit tous près d'elle sur nos petites chaises et, elle, elle s'assoit aussi sur une petite chaise, et elle nous raconte des histoires. Mon histoire préférée, c'est Boucle d'Or et les trois Ours. Ma maîtresse, quand elle raconte, elle fait la grosse voix pour le Papa Ours, une moyenne voix pour la Maman Ours et une petite voix pour le Bébé Ours. Et puis pour Boucle d'Or, elle ouvre sa bouche comme un petit cœur et fait une voix de petite fille. C'est bien cette histoire, sauf la fin. Moi, si j'avais été à la place de Boucle d'Or, je ne me serais pas enfui dans la forêt en sautant par la fenêtre de la chambre. Je serais resté avec la famille Ours pour retourner des crêpes au plafond et faire plein de rigolades.

Moi, c'est Léo. J'ai 4 ans. Je suis en moyenne section. J'ai de la chance avec mon nom. Je sais l'écrire depuis longtemps. Une chaise pour faire le L. Une échelle avec trois barreaux pour faire le E. Et le O, facile, tout rond. Ma copine Léopoldine, elle, elle n'a pas de chance. Après Léo, elle doit encore écrire tout un tas de lettres difficiles, surtout le N. On ne sait jamais dans quel sens penche la barre du milieu.

Quand la maîtresse a donné le signal du départ pour le jeu, tous mes copains sont partis se cacher en courant sous les tables, ou dans le coin, entre l'armoire et le mur.

Sauf moi. Je voulais d'abord aller chercher mon Doudou qui était resté dans son sac, accroché à mon porte-manteau, avec mon étiquette marquée au-dessus, dans le couloir. Je me suis sauvé pendant que la maîtresse ne regardait pas et j'ai vite attrapé mon Doudou. Quand je suis revenu, la porte de la classe était fermée. J'ai essayé de pousser, pousser, mais la porte était bloquée à cause de tous les bureaux que les enfants entassaient derrière. Il y avait un chahut terrible. J'ai continué à tambouriner mais personne ne m'entendait.

Alors, je suis parti le long du couloir. J'avais peur que les Méchants arrivent avec les masques noirs et les pistolets à bombes. Je me dépêchais tant que je pouvais avec, en plus, une envie de faire pipi qui commençait à se faire sentir. Heureusement, j'avais mon Doudou. J'ai mis mon nez dedans pour le respirer. Ça m'a fait du bien.

Je suis arrivé au bureau de la directrice. La porte était ouverte. Je suis entré et j'ai refermé la porte. Je savais que c'était défendu, mais j'ai quand même fait quelques tours de manège sur le grand fauteuil noir. C'était génial ! Ensuite, j'ai essayé de toucher la souris de l'ordinateur et j'ai appuyé au hasard sur les touches mais je n'ai rien trouvé d'intéressant à regarder, pas de dessins animés, ni de musique. J'ai aussi essayé de téléphoner mais personne n'a répondu. J'ai pris le stylo rouge et je me suis entraîné à faire des cœurs. C'est super dur, les cœurs. Mon copain Louis, il les réussit bien et il en donne à toutes les filles qui deviennent amoureuses de lui, direct. Après, je me suis caché sous le bureau.

J'ai dû dormir un peu parce que, quand je me suis réveillé, il faisait presque nuit. On n'entendait plus rien dans l'école. J'ai pris mon Doudou, je suis sorti dans le couloir. On aurait dit le château de la Belle au Bois Dormant, quand tous les marmitons s'endorment la cuillère à la main ou avec une pile d'assiettes prêtes à tomber. J'ai pensé à la maîtresse endormie avec son livre à la main et à sa bouche rose, ronde comme un bonbon, qui commençait à dire «Ce lit est trop dur Je vais essayer celui-là » Et puis, stop, plus rien. La voilà qui dort en attendant le Prince Charmant.

J'ai voulu aller voir si, à la cantine, il y avait quelqu'un d'endormi. Au restaurant, personne. A la cuisine, personne.

Mais, c'est là que je l'ai vu : immense, blanc, glacé comme un iceberg, il trônait au milieu de la cuisine : le grand frigo ! Voilà la cachette idéale… Les Méchants ne penseraient pas à l'ouvrir, à moins qu'ils cherchent des glaces. Est-ce que les Méchants mangent des glaces ? J'ai eu beaucoup de mal à ouvrir le frigo. Mais j'ai fini par réussir et, là, j'ai été très déçu.

Il était rempli de haut en bas, de plein de boîtes en plastique de toutes les couleurs, bien rangées et bien serrées. J'ai renoncé à faire de la place. Chez nous, le frigo est presque toujours vide. Si on fait un exercice de confinement avec mes parents, je pourrai me cacher dedans. Mais là, ça serait vraiment trop de travail.

Je suis donc ressorti de la cantine. Au passage, j'ai pris un croûton de pain qui était resté dans une corbeille.

Dans le couloir, une fenêtre était restée ouverte. Et si je me sauvais par la fenêtre comme Boucle d'Or ? Sauf que la maison des Ours, elle est toute petite. On ne peut pas se faire trop mal en sautant, alors que mon école, elle est haute, pas comme la Tour Eiffel, mais presque. J'ai voulu essayer quand-même.

Je suis allé chercher une chaise dans une classe, j'ai grimpé dessus et je me suis hissé sur le bord de la fenêtre. J'ai demandé à mes ailes superbioniques de se déplier et…j'ai eu à nouveau trop envie de faire pipi. Il a fallu que je redescende en vitesse et j'ai couru aux toilettes.

A côté, dans le cagibi des Dames de service, il y avait des produits défendus. J'ai débouché tous les bidons et je les ai tous respiré. Pouah ! Ça piquait les yeux et le nez. Dans les trucs défendus, je préfère le chewing-gum et la mousse de bière quand Papa se sert un grand verre en rentrant du boulot.

J'étais quand-même un peu fatigué par toutes ces expériences. Mon Doudou aussi. Nous avons décidé de dormir un peu. Il y avait là une grande corbeille de linge avec des torchons tout propres qui sentaient bon. Je me suis installé et j'ai dormi, longtemps, longtemps.

La Dame de la Police qui m'a réveillé m'a serré contre elle très fort. Je n'ai pas compris pourquoi elle pleurait mais j'ai compris que tous les Méchants avaient été attrapés et que le Jeu était terminé.

Ma pomme

Pendant de trop longues heures après le déjeuner, j'étais consigné dans ma chambre. Notre vaste maison entrait en léthargie. Ma mère, repue de laudanum, dormait sous sa moustiquaire, dans la chambre voisine. Mon précepteur était à l'étage au-dessus. En bas, les bonnes ronflaient, affalées sur leurs chaises. Mon père n'était jamais là.

Ce jour-là, j'étais censé réviser mon latin ou rabâcher ma poésie, le magnifique « Rêve du jaguar » de Leconte de Lisle. J'étais « parmi les lianes dans l'air lourd, immobile et saturé de mouches ». Je rêvais de « reins musculeux » et de « lécher ma patte ».

Il faisait chaud en cette fin septembre. Les volets étaient tirés mais la fenêtre ouverte, pour laisser passer un peu d'air. Je me tenais devant la baie en ânonnant mon poème lorsque mon attention fut attirée par l'arrivée d'une bande d'enfants de mon âge. Ils se glissaient en file indienne le long de la route située juste en face de ma fenêtre. Ils longeaient le bas-côté au plus près, au risque de se brûler les mollets aux orties. Ils avaient les cheveux mal taillés, de mauvaises culottes rapiécées et des chaussettes en tire-bouchon dans leurs galoches.

- Où pouvaient-ils aller à cette heure de la journée ?

Ils traversèrent la route et longèrent la maison. Bientôt, ils disparurent à ma vue. J'entrouvris doucement les persiennes et, en me penchant, je les vis se hâter le long du mur, le dos courbé, pour échapper aux regards. Ils arrivèrent devant le hangar où somnolait mon chien, attaché à une longue chaîne coulissant sur un fil de fer fixé d'un bout à l'autre de la remise. A mon grand étonnement, il n'aboya pas mais, traîtrise suprême, se mit à faire de grands bonds joyeux en acceptant les caresses et… de nombreux morceaux de sucre.

Les enfants étaient arrivés à l'angle du mur de notre propriété. Pour pouvoir continuer à les observer, je devais changer de poste de guet. Ce que je fis. Au risque de me faire pincer en flagrant délit de vagabondage à l'heure de la sieste, j'empruntai le couloir jusqu'à la salle à manger dont les larges ouvertures donnaient sur le parc et sur le verger. Toute la bande était en train d'enjamber une partie du mur, envahie par le lierre et, en cet endroit, écroulée. Les grands aidant les plus petits, ils se retrouvèrent bientôt, tous, au milieu des pommiers.

Ouch !!! La sarabande ! Ils cavalaient comme des pur-sang parmi les arbres, se baissaient pour ramasser une pomme qu'ils jetaient aussitôt sur leur plus proche voisin qui esquivait et se baissait à son tour pour ramasser un projectile. Quelques murmures étouffés me parvenaient à peine. Cette fine partie dura un long moment.

Enfin, las de tant de batailles, ils s'arrêtèrent, qui le cul dans l'herbe, qui allongé la tête sur une souche et se mirent à croquer la plus rouge ou la plus grosse des pommes de mon verger.

Je me tins coi, un moment, ne sachant si je devais alerter la maisonnée ou me taire, au risque de dévoiler mon propre forfait. Au bout d'un moment, toute l'équipe s'en retourna enjamber le mur et moi, je repris le chemin de ma chambre pour retrouver mon jaguar « le mufle béant par la soif alourdi ».

Ah ! Soif, moi aussi j'avais ! D'eau fraîche, de fruits mais surtout de liberté, de cavalcades dans les prés, de rires et d'amitié.

Désormais, j'allais attendre l'heure de la sieste avec impatience. Collé aux volets, j'espérais l'arrivée des voleurs de pommes.

De jour en jour, l'attente se faisait plus pressante et le spectacle plus prenant. Je distinguais, désormais, le chef de la bande, d'une tête plus grand que les autres, et le souffre-douleur qui ne savait esquiver les coups. Je devinais les lâches et les malins, les exclus et les farauds. Je me sentais, petit à petit, faire partie de cette magnifique et quotidienne aventure. J'étais l'un des leurs...

Enfin, par un bel après-midi, n'y tenant plus, je descendis l'escalier de pierre, longeai le corridor, traversai l'orangerie et poussai la porte qui donnait sur le parc. Je traversai la pelouse, sans égard pour le gazon anglais et, je fus bientôt à la grille du verger. Je l'entrouvris en espérant étouffer son grincement. Puis, je me glissai derrière un tas de branches empilées là par le jardinier lors de la dernière taille. Personne ne s'aperçut de ma présence. Toute la bande somnolait. Des taches d'ombre et de lumière dansaient sur les ventres satisfaits. J'attendais....

Lorsque la pomme arriva, comme aimantée, se poser juste contre mon pied, je ne compris pas immédiatement d'où elle venait. Puis, je sentis un regard posé sur moi. Le chef de la bande m'avait découvert. Je soutins son regard et je me levai, la trouille au ventre, pour aller à sa rencontre.

- Si tu mouftes, t'es mort.

- Je ne dirai rien.

- Jure !

- Je le jure !

- Crache !

Je crachai.

- Moi, c'est Antoine.

- Moi, c'est Louis.

Les autres s'étaient rapprochés. Je découvrais les visages, les joues rouges, les peaux claires, grêlées de son, les yeux curieux. Ce furent des questions, des exclamations, des rires. Puis, très vite, des courses et des bousculades.

En un instant, je fus adopté. Et ma vie changea à cet instant.

Je sus que j'appartenais à ce monde beaucoup plus qu'à celui que je venais de laisser derrière moi. Je sus que j'allais apprendre d'eux beaucoup plus que de mon précepteur. Je sus que j'allais être aimé et que j'aimerais en retour. Je sus qu'on m'attendrait, jour après jour. Les contours de mon être se dessinaient enfin. Je n'étais plus l'enfant flou et docile que les adultes souhaitaient que je sois. J'existais, ah ! J'existais enfin. Ma mère pouvait bien dormir tranquille et mon père pouvait bien courir les routes et les aventures.

J'avais trouvé mon port et ma source. J'étais vivant !

Carton

La camionnette de livraison vient de quitter le parking devant la maison.

Lola est comme une petite folle devant son nouveau jouet. Un lave-vaisselle tout neuf ! Depuis le temps qu'elle en rêvait…

Le livreur l'a posé dans la cuisine et l'a déballé. Kévin fera les branchements dès ce soir, en rentrant du travail. Il le lui a promis. En attendant, Lola peut ouvrir et fermer mille fois la porte de l'appareil tant convoité. Elle peut caresser l'émail brillant et respirer l'odeur de neuf. A l'intérieur se trouve un paquet échantillon du produit conseillé par le fabricant pour un résultat optimum. La porte est lourde mais se ferme sans bruit. Lola ouvre et ferme, fait coulisser les paniers, observe le filtre, s'essaie à le sortir et à le remettre à sa place. Elle joue avec la petite trappe du compartiment où elle placera le joli cube bleuté qui lui rendra une vaisselle impeccable. Finies les stations devant l'évier et les longues séances d'essuyage. Lola est heureuse.

Au même moment, Pedro, au volant de son camion, s'engage sur la bretelle de l'autoroute, sortie 28, au Nord de Macon. Il a décidé de s'octroyer une pause agréable. Pour changer du resto de l'autoroute, il va faire un crochet par Pont de Vaux et, de là, il prendra la D2 jusqu'à Saint Trivier de Courtes où il connait un fameux « Routier ». Il l'a bien mérité. Il a quitté Barcelone, tôt ce matin, avec son 30 tonnes chargé à bloc, direction l'Allemagne. Sa vie est ainsi. Il parcourt les routes d'Europe à longueur de semaines et à longueur d'années. Il ne se plaint pas. Il aime rouler. Il aime l'ambiance des soirées entre potes où l'on échange les dernières anecdotes, sur les parkings, avant d'aller dormir dans les couchettes, à l'arrière des cabines. Il est fier de rapporter gros à la maison lors de ses trop rares passages. Bientôt, c'est sûr, il cessera les transits internationaux et il cherchera un boulot plus facile. Il pourra voir grandir ses mômes. Ils ont déjà 8 et 10 ans. En attendant, il faut payer les traites de la maison dont la construction vient de s'achever.

Lola continue d'admirer son lave-vaisselle pendant que Tommy joue dans le petit jardin, devant la maison.

C'est à cause de ce petit bout de jardin que Lola et Kévin se sont installés là. La maison n'est pas très grande. Elle est complètement isolée sur ce bout de route, au lieu-dit Bécheret, sur la D2, au nord de Macon, et c'est un peu le palais des courants d'air mais, il y a un bout de jardin. Et puis, le loyer n'est pas cher.

Tommy a du mal à tirer le gros carton que le livreur a laissé devant la porte. Il est plus grand que lui. Il tire, il pousse. Il le bascule sur le côté. Voici l'ouverture dégagée. Tommy se glisse à l'intérieur. Ca sent bon ! « Moi aussi, j'ai une maison ! » se dit-il.

Dans sa cuisine, Lola a une idée ! Elle va remplir le lave-vaisselle. Tant pis, s'il n'est pas branché. Juste pour voir !

La journée est encore longue. Kévin ne sera pas là avant 18h. Il part tôt le matin avec la voiture et Lola reste seule avec Tommy. Le temps lui semble long, malgré la télé et l'ordinateur. Tommy est mignon mais pas encore très causant. Il vient juste d'avoir 3 ans. Lola regrette souvent les longs bavardages avec les clientes du salon de coiffure où elle travaillait avant la naissance de Tommy. Elle faisait les shampooings et, de temps en temps, sa patronne l'autorisait à enrouler les bigoudis pour les permanentes des mamys. Maintenant, ce serait trop compliqué de partir travailler et de laisser son petit garçon chez une nourrice.

Mais aujourd'hui n'est pas un jour comme les autres. Son lave-vaisselle est arrivé ! Lola va le remplir avec toute la vaisselle disponible dans la maison : celle de tous les jours, les assiettes, les couverts, les verres, les casseroles et même la grosse soupière héritée de sa grand-mère, dernier vestige du service de son mariage. Lola se régale, elle permute, elle combine des solutions diverses et astucieuses. Elle est toute entière absorbée par sa tâche.

Il va être midi. Pedro, dans son trente tonnes, approche du lieu dit Bécheret sur la D2 au Nord de Mâcon.

Tommy est toujours dans le jardin.

- Je suis une grosse tortue avec sa maison sur le dos.

Il a soulevé le carton et l'a posé sur sa tête. Il le soutient avec ses bras. Ce n'est pas si lourd que ça. Je suis une grosse tortue très forte ! J'ai réussi à agrandir un trou dans le carton, juste à hauteur de mon œil gauche. Je pars me promener.

Deux petites jambes tricotent au-dessous du carton. Tommy passe le portillon du jardin.

Dans la cuisine, Lola est satisfaite de son dernier arrangement. Les bras croisés sur la poitrine, elle contemple son œuvre, un sourire aux lèvres. Elle part chercher son téléphone au salon et décide de faire une photo pour l'envoyer à Kévin. C'est justement l'heure de sa pose.

Pedro roule tranquillement sur cette Départementale D2 qu'il connait. Une longue ligne droite. Une parfaite visibilité et peu de voitures à cette heure de la journée. Il a ouvert sa vitre et a posé son coude sur le bord de la fenêtre. Bientôt, il aura le bras gauche bronzé tandis que le droit restera blanc. Ça le fait sourire. Des odeurs de lilas entrent et lui rappellent son enfance. Il a mis la radio pour les infos. Le monde va mal. Mais il a décidé d'être optimiste aujourd'hui. « Ça ira mieux demain » est une antienne bien connue… Il a faim et tente de se souvenir du plat du jour qu'il a pris la dernière fois à Saint Trivier. Ça lui creuse un peu plus l'estomac…

Les petites jambes de Tommy trottent. Il est maintenant au bord de la route, avec son carton sur le dos, persuadé d'être une tortue… Il avance.

Lola a envoyé sa photo et Kévin lui a répondu « Super ! A ce soir ma Loulette, je t'aime ».

Les petites jambes de Tommy s'arrêtent. Il s'assoit sur le sol et le carton se pose en même temps que lui.

Il est bien à l'abri, il ne voit plus rien et personne ne peut le voir

« Je suis une grosse tortue bien cachée dans sa maison».

Pedro aperçoit un objet étrange posé au beau milieu de la voie de gauche. Il lève le pied. C'est un gros carton d'emballage. « Je donne un coup de volant à gauche et j'accélère, je vais faire un carton ! » Il se marre tout seul à l'idée de son bon mot.

Perdue dans la contemplation de son lave-vaisselle. Lola prend soudain conscience qu'il y a de longues minutes qu'elle n'a pas entendu Tommy. Où est-il passé ? D'habitude, il est toujours dans ses pattes. Elle se dirige vers le jardin.

C'est à ce moment qu'un énorme poids-lourd passe devant la maison.

Du bruit, de la poussière s'en viennent au visage de Lola. Puis, très vite, c'est l'image d'un carton qui saute au regard de la jeune femme, un carton posé sur la voie de gauche. Elle n'a pas le temps de penser. Elle le voit qui se soulève. Les jambes grêles de son enfant apparaissent. A petits pas, Tommy rejoint l'autre côté de la route, là où il y a le potager. Le camion s'arrête dans un hurlement de freins. Pedro, livide, en descend.

Lola se précipite, soulève le carton et tombe à genoux, son enfant dans les bras. Des sanglots secs montent de ses entrailles de louve. Elle arrache Tommy à la route. Il est chaud et vivant comme jamais. Il est en elle comme un enfant à naître. Elle gémit, de terreur et de bonheur mêlés, et reste ainsi, oscillant doucement sur elle-même, berçant sa douleur.

Pedro, figé, non loin, ne sait pas quels mots prononcer, quel mauvais film oublier.

- Pleure pas Maman, je voulais aller au jardin pour manger de la salade. Je suis une tortue… chuchote Tommy.

- Il ne faut pas rester là, Madame, dit Pedro.

Il la prend doucement par le bras et accompagne jusqu'à la maison ce bloc statufié d'une mère à l'enfant.

- Je dois partir, mon camion est au milieu de la route. Asseyez-vous. Ça va aller ?

- Ça va aller, merci….

L'heure du déjeuner va passer, Lola va rester comme un bloc serrée autour de son petit. Tommy va s'endormir. Le temps n'existera plus.

Au soir, Kevin rentrera. Il trouvera, dans sa cuisine, un lave-vaisselle neuf, rempli de vaisselle propre auprès de sa Lola chérie et de son petit garçon.

- Alors, on le branche ce lave vaisselle ?

- Oui, on le branche, répond Lola, et on déchire le carton !

- Ah ! Non ! Pas ma maison, proteste Tommy.

Rodolphe

Rodolphe ! C'est mon nom ! Elle m'a appelé comme ça, ma mère. Imaginez ! Au pays des Samir, des Izmir et des Jordan, je m'appelle Rodolphe. Ça les fait bien rire, tous. Moi, pas.

Tous les matins, quand je sors des rêves, ou, en pleine nuit, quand je me réveille avec mon pyjama mouillé, mon prénom me saute à la tête comme un moellon lâché du mur. Quelle idée elle a eu, ma mère, de m'appeler Rodolphe ? Mon père, il n'est pas au courant. Quand je suis né, il y avait longtemps qu'il était parti. Parti sans laisser d'adresse mais, en me laissant ses cheveux. Bonjour le cadeau ! Une tignasse énorme, bouclée, blonde, un caniche à sa mémère, sur ma tête. Ma mère la caresse amoureusement dès qu'elle passe près de moi.

- Ah ! Comme tu as de beaux cheveux, mon fils !

Je rêve d'être tondu. Une invasion de poux la déciderait peut-être mais ces maudites bestioles s'intéressent à tous les cheveux sauf aux miens. De temps en temps, j'attrape mes ciseaux à bouts ronds et je tente un défrichage mais ensuite, je ressemble à un caniche qui aurait rencontré un rottweiler. Et je m'appelle toujours Rodolphe.

Je promène mon oriflamme dans le quartier. L'hiver je planque tout sous un bonnet mais là, on est en été. J'ai tenté la casquette mais c'est pire. Avec la scarole jaune qui dépasse sur les côtés, j'ai l'air du clown Bozo… Sauf que je m'appelle Rodolphe.

L'autre jour, je crois que j'ai vu mon père, à la télé, dans un vieux film. Il faisait plein de conneries pas méchantes, comme mettre une chaussure noire et une jaune. Et, tout le monde rigolait de lui et des méchants voulaient lui faire du mal. Mais il s'en sortait bien avec toujours de nouvelles bêtises tellement bêtes que les méchants n'y comprenaient plus rien. Il est fort mon père. Un jour, il viendra me chercher et on ira tous les deux inventer des trucs débiles pour piéger Ismaël et sa bande.

Tous les jours, ma mère m'envoie acheter le pain au Franprix de la place Voltaire. J'ai des pièces au fond de la poche de mon short et ma main par-dessus.

- J'ai mis deux euros, tu pourras acheter des bonbons en plus !

- D'accord Man. Merci !

Je file, le plus vite possible, en rasant les murs. Il fait chaud, je transpire mais j'agite mes jambes de serin à toute vitesse. Rien à l'horizon.

Je tourne le coin de la rue et c'est là que je les aperçois. Peaux noires, têtes noires qui ne font qu'une. Ils m'attendent... Huit bouches rigolardes s'épanouissent en huit sourires pleins de dents. Même si je passe sur le trottoir d'en face, ça ne changera rien. La suite, je la connais par cœur.

D'abord, je vais entendre des roucoulements. Comme ça :

rrrou...rrrou...RRRoo...RRoo...RRooodolpheffff !!!

Entrecoupés d'éclats de rire. Puis, ils me tireront les cheveux, me feront tourner comme un pantin, me pousseront comme une vieille poupée. Ils me projetteront de l'un à l'autre de plus en plus fort. Je sentirai leur haleine près de la mienne et j'entendrai le bruit de mes côtes sur les leurs. Enfin, il y en a un qui me fera un croche-pied pour que je m'étale par terre comme une crotte et les roucoulements recommenceront. Jusqu'à ce qu'ils se sauvent en hurlant de rire.

J'ai appris à serrer les dents. Je ne pleure pas. Je ne crie pas. J'ai appris à me rouler en boule, à rentrer la tête dans les épaules et à protéger mes couilles. Je ne sais même plus si j'ai mal. J'ai une technique : je rentre tout entier à l'intérieur de ma tête et je me télé-transporte dans un jardin extraordinaire, avec des plantes exotiques à feuilles énormes et à grosses fleurs rouges comme j'en ai vu dans les serres du Parc de la Tête d'Or. Je regarde les bananiers et les lianes géantes. Je me cache dans la jungle et je ne sens plus les coups.

Quand tout est fini, je me relève et je repars, direction le Franprix. Je paye les deux baguettes, un malabar, deux têtes brûlées. Il faut que je rentre...

Je traverse la place. Il y a là tous les pères de toutes les ordures qui me prennent ma vie. C'est l'heure de la palabre sur les bancs, sous les platanes. D'eux, je ne crains rien. Peut-être un regard étonné sur ma tignasse. Un jour, j'ai croisé un type blond. Je suis resté à le regarder une minute. Mais lorsqu'il a porté la main à sa braguette, j'ai filé sans demander mon reste. Pour les autres, je ne crains rien. Je n'attends pas, non plus, leur protection. Ils sont fiers de leurs petits coqs aux pattes noires qui se débrouillent bien sans eux. A l'école de la rue, que le plus fort gagne.

Dans la poche de mon short, les bonbons ont remplacé les pièces. Je serre les deux baguettes sous mon bras et je marche. Mes yeux cherchent l'endroit où ça va se passer. Rien ne peut faire que cela ne se passe pas. Je les entends déjà rire. Le plus grand, c'est Ismaël. Il lui suffira d'ouvrir sa main rose pour que j'y déverse ma provision de bonbons. Et puis je vais rentrer à la maison avec mon pain, mon sourire et quelques bleus en plus. Le soir, je ferme bien la porte de la salle de bains quand je prends ma douche. Maman sourit quand je sors avec mon pyjama bien boutonné. Elle me dit que je deviens secret.

- Man, j'ai mangé tous mes bonbons !

- Oh ! Mon Rodolphe, ça n'est pas raisonnable, tu ne vas rien manger à table !

Et c'est vrai que je n'ai pas beaucoup d'appétit depuis quelque temps.

Même le pain, il a un goût bizarre.

Heureusement, l'autre jour, j'ai eu une idée.

- Maman, le pain de Franprix, il n'est pas bon. On devrait peut-être essayer la boulangerie de la Poste.

- Ah ? Si tu veux mon garçon. Tu sauras y aller tout seul ?

- Oui, je saurai. Je commence demain ? D'accord ?

- D'accord mon Petit Prince !

Dès le lendemain, j'ai cavalé dans les rues, direction la Boulangerie de la Poste, les yeux un peu à droite, à gauche, et, comme ça, jour après jour. Je n'ai fait aucune mauvaise rencontre. Mes bleus commençaient à s'effacer. Maman trouvait le pain très bon et était très contente que j'ai retrouvé l'appétit malgré le gavage de bonbons que je me faisais. J'ai tout essayé : les nounours en guimauve recouverts de chocolat, la réglisse qui fait les dents noires, les fraises Tagadas qui font la langue rouge. Une orgie. Tous les jours. Jusqu'au lundi.

Et là, j'ai trouvé la boulangerie fermée. Maman attendait son pain. Il fallait que je retourne au Franprix. J'ai coupé par l'Impasse Caton.

En premier, j'ai entendu les cris des filles. Elles se sont égayées dans le passage en piaillant. On aurait dit les martinets qui passent sous les fenêtres le soir. Des cris suraigus qui annonçaient ma mort.

- On l'a retrouvé ! Il arrive !

Sans réfléchir, je me suis mis à courir. Il y avait, pas loin, une vieille cabine téléphonique qui était restée oubliée. Personne ne téléphonait plus là-dedans, depuis des années. On voyait encore la plaque où avait été fixé l'appareil et les vitres étaient presque intactes. Je me suis jeté dans la cabine comme un gibier poursuivi par la meute et je me suis recroquevillé sur le plancher, abrité des regards par la partie pleine de la porte, bien appuyé sur son système en accordéon pour que personne ne puisse l'ouvrir de l'extérieur.

Et puis, j'ai attendu. Longtemps. Et j'ai eu chaud. Et soif. J'ai mangé mes bonbons et même un gros morceau de pain. Je n'osais pas regarder par la vitre.

Et puis, ils ont fini par arriver. J'entendais les garçons qui râlaient et les filles qui protestaient.

- Mais si, c'était lui, couinait Samira. Je l'ai bien vu.

- Ben, si tu l'as vu, il est où ? Il a pas pu s'envoler quand même !

C'est Fatima qui m'a découvert. J'ai vu ses trois mille tresses qui apparaissaient au-dessus de la porte. Et, ses yeux en boutons de verre noir qui roulaient dans sa bouille ronde. Elle a eu aussi peur que moi sur le moment. Et puis, elle s'est mise à crier.

Les autres sont arrivés. Ils se sont collés aux vitres de la cabine comme des mouches autour d'un gobelet poisseux. Et moi, j'étais dedans, poisseux, pisseux, merdeux, dégoulinant de morve et de trouille, déjà mort.

Ils poussaient et tiraient la porte tant qu'ils pouvaient mais, les pieds bien callés contre la paroi opposée, je réussissais à la tenir fermée. Ils criaient et je me taisais.

Ça s'est calmé un moment. Je ne bougeais pas et je tenais toujours la porte. J'essayais d'entendre ce qui se passait dehors.

J'avais les yeux fermés lorsque j'ai entendu le bruit. C'étaient des claquements et des chocs démesurés, répétés, c'était une odeur de fiente et de plume mouillée, c'étaient des excréments blancs qui me tombaient dessus. C'était un pigeon qu'ils avaient lâché par la vitre cassée et qui se débattait dans cet espace étroit. Il se cognait aux vitres, s'écrasait contre moi pour s'élancer à nouveau, éperdu, vers la lumière, piquant du bec, griffant des pattes. J'avais recouvert ma tête avec mes bras. Il combattit longtemps ainsi, éparpillant ses plumes partout, percutant les parois puis s'écrasant au sol. Enfin il se posa à côté de moi, et cessa de bouger, recroquevillé sur lui-même, une aile pendante. Une de ses pattes était blessée. Il ne réussissait pas à la rentrer sous son ventre. On se regardait, lui qui papillotait des deux paupières et moi qui avait mal aux yeux à force de les avoir écarquillés.

Et dehors, ça roucoulait :

- rou…Rrou…oooou…Rooo…Rhooodoophlfff

Et, ça rigolait. On a continué à se regarder, le pigeon et moi, chacun dans son coin. Sans bouger. Longtemps.

Je crois que j'ai dormi un moment et le pigeon aussi. Quand je me suis réveillé, il avait basculé sur le côté. Ses deux pattes se dressaient comme deux insectes rouges. J'ai tendu la main pour toucher son ventre. Il était chaud et doux. Le sang avait séché sur sa tête et elle pendait un peu. J'ai essayé de la soulever mais je n'ai pas réussi. J'ai compris qu'il était mort.

Dehors, il n'y avait plus personne. Tout le monde était parti déjeuner. Maman devait s'inquiéter. Je suis sorti de la cabine. Je ne pouvais pas rentrer à la maison comme ça, avec mes cheveux de Petit Prince collés par les crottes, mes habits dégoutants qui puaient le pigeon et mon pain plein de pisse. Alors, je me suis dirigé vers le Rhône, je suis descendu tout près du fleuve. Je me suis agenouillé et j'ai essayé de me laver. Il fallait se pencher beaucoup parce que l'eau était loin. Là aussi, il y avait des pigeons qui me regardaient. Ils lorgnaient mon pain que j'avais posé sur le quai, pas loin. J'ai voulu les chasser. J'ai fait un geste, comme ça et je suis tombé.

Kidnapping

Je suis né il y a quinze jours seulement. Et, depuis quinze jours, je vis blottis contre le sein de ma mère. Dès que j'ai faim, je fourre mon nez rose contre son mamelon et je tète. Le bonheur entre aussitôt dans ma gorge et glisse en moi pour me combler. Parfois, un peu de lait coule sur son ventre ou sur mes joues. Son odeur nous imprègne tous deux. Elle laisse une trace à reconnaître pour mes bonheurs à venir. Mes poings serrés caressent ou insistent. Ce lait est mon dû, ma source miraculeuse qui ne tarira jamais. Je me rendors. Ma mère a la peau douce et fine, rose, veinée de bleu. J'ouvre à peine les yeux mais je vois cette lumière qui émane de son corps. Et j'entends sa voix à nulle autre pareille.

Je dors, des rêves blancs gravitent près de mes yeux. Ma tête se soulève au rythme de la respiration de ma mère. Je dors, le dos rond, la tête lourde. Un frisson me parcourt, rêve de pluie, eau douce qui me baignait jadis. Je dors… Les jours ressemblent aux nuits et les nuits aux jours. Je tète et je dors.

Soudain, une main inconnue me soulève. Me voici contre un autre corps, vêtu de coton rêche, parfumé de lavande. Je crie, au désespoir. Ma mère proteste un peu. Je m'accroche en détresse à cette maladroite, mes membres sont trop courts, ma voix devient trop faible, elle s'éraille, se perd dans un tumulte. Je quitte mon nid, ma source. Ma bouche est encore pleine du goût du lait de ma mère.

On me pose sur une couche froide. Mon dos est douloureux et mon ventre noué. Je crie tant que je peux. Je veux ramper, je veux marcher, m'échapper de ce lieu stupide qui sent la lessive. Je m'agite en soubresauts désordonnés et inutiles. Je veux ameuter la terre entière. Ma nouvelle mère est bien embêtée. Elle voulait rester discrète. Elle voulait me cacher. Elle remonte la couverture du berceau pour étouffer mes cris. Je me débats. Elle tente de me nourrir. Mais, quel est cet engin qu'elle approche de moi ? Odeur abominable, froideur, rigidité, elle voudrait me gaver d'un liquide incertain. Je hurle de plus belle .Je me débats, je lance en pagaille mes quatre membres, tout mon corps dit non à cette empoisonneuse. Elle a beau câliner, murmurer, me chanter des berceuses, me chatouiller le nez, je n'en veux pas ! Je veux ma vraie maman, celle qui sent le caillé et la feuille en automne. Celle qui connait mon corps. Celle que j'ai fait souffrir et qui ne m'en veux pas. Comment a-t-elle permis ? Pourquoi m'a-t-elle laissé ?

Je ne mangerai plus, mes forces m'abandonnent. Je ne pleurerai plus. Mon corps se fait chiffon. Mes rêves m'engloutissent dans d'infinis tunnels. La vie s'en va de moi.

Ma nouvelle mère est inquiète. Elle me soulève, mou et flasque comme une poupée de son, elle souffle sur mon nez, caresse mes yeux creux, me propose un sein vide, pleure sur son sort et sur le mien. Je la sens hésitante. J'ajoute quelques larmes, je m'accroche à son cou.

Elle va me rendre, c'est décidé, je le sens. Nous voici repartis. Je reconnais l'odeur, j'approche de chez moi. J'en pleurerais de joie mais je n'ai plus la force. Voici l'armoire, voici les draps où ma mère m'attend. La voleuse d'enfant me pose au creux du nid. Je tête goulument. Ma mère a trop de lait. Je crachote, je gaspille. Je ne lui en veux pas. Elle me pardonne aussi. La vie est une fête !

Ma voleuse d'enfant, je vais bien la punir lorsque j'aurai un an et qu'elle en aura six. Je m'en irai, tout seul, la queue dressée et le regard hautain pour découvrir le monde. Elle pleurera son petit chat perdu et moi, je serai libre d'aller miauler ma faim dans une autre maison.

Carnaval à Dresde

Dès le matin de ce 13 février 1945, Greta a demandé à sa nourrice de lui tresser les cheveux. Une lourde natte blonde coule sur son dos étroit de petite fille. Son déguisement est prêt. Elle aime particulièrement ce délicieux corsage de linon blanc, à l'empiècement souligné d'un semis de fleurs, qui a appartenu à sa mère. Pour l'accompagner, on lui a cousu un jupon en percale raide, une courte jupe évasée et une cape du même velours rouge. Il a fallu sacrifier un vieux rideau pour tailler ce costume mais le résultat est magnifique. Greta ne se lasse pas de le regarder. Elle doit aussi tendre sur ses jambes rondes des bas blancs et chausser ses bottines fourrées. Et, pour compléter sa tenue, elle a préparé un panier : quelques biscuits, un minuscule pot de miel et une fiole d'eau habillée de paille, souvenir d'un voyage à Coblence.

Pour Johanna, on a déniché au grenier un coupon de satin violet qui s'est transformé, toujours grâce aux mains habiles de sa grand-mère, en un pantalon souple et en une tunique. Des étoiles en papier doré parsèment l'ensemble. Johanna a souligné ses yeux d'un épais trait de khôl. Ses cheveux noirs flottent librement sur ses épaules, encadrant un visage aigu de jeune chat. On s'attend toujours à la voir bondir sur le côté tel le félin surpris par un bruit. Elle vibre, Johanna, en ce jour de Carnaval. La fête, les fêtes, sont sa raison de vivre. Elle danse et chante sans cesse, insouciante des événements graves qu'elle prend grand soin d'ignorer, surtout aujourd'hui. Elle se hâte de recouvrir un cône de carton avec du satin, pour sa coiffure, et de fixer une dernière étoile au bout d'une baguette. Avec la cape noire sortie de la malle aux déguisements, elle sera magicienne.

A la nuit tombée, les deux fillettes sont prêtes à se rendre à la salle des fêtes de l'Hôtel de Ville pour un grand bal costumé. C'est leur nourrice qui doit les accompagner. Le tramway passe non loin de l'immeuble cossu où elles vivent et les emmènent directement au centre-ville. A l'approche du lieu de la fête, elles croisent de plus en plus d'Arlequins et de Colombines, quelques clowns, une Indienne, un ours blanc accompagné de lapins aux longues oreilles tombantes. Johanna, dans son excitation, soulève sa sœur de terre. Elle crie de bonheur à chaque nouvelle rencontre. Le tram tintinnabule aux stations et redémarre dans un fracas de rails grinçants.

Lorsqu'elles arrivent, la salle est déjà pleine d'enfants costumés. L'orchestre peine à se faire entendre dans le brouhaha des retrouvailles. A la buvette, on sert des orangeades et de la limonade à un essaim de gamins plus amateurs de sucre que des guêpes. Johanna et Greta se frayent un chemin et perdent de vue leur nourrice. Les farandoles succèdent aux rondes. Le diable est dans la boutique pour faire sauter et danser et rire toute la marmaille de Dresde. Et les adultes regardent, les yeux brillants de plaisir et de nostalgie au souvenir du temps, pas si lointain, où c'était eux qui riaient et dansaient. Greta a trouvé un loup pour la poursuivre. Elle hurle de vraie joie et de fausse peur.

À 21h55, surmontant tous les rires et toute la musique, les sirènes d'alerte se mettent à hurler, pétrifiant l'assemblée comme frappée par le sortilège de la Belle au Bois Dormant.

Johanna se fige, sa baguette de magicienne à la main prête à déjouer ce mauvais tour. Greta, les yeux agrandis par la peur, se rapproche d'elle. L'orchestre s'est tu. Le silence règne le temps d'une respiration, le temps d'avoir la gorge nouée et les jambes en coton. Le temps de comprendre que la fête est finie. Et, soudain, sans qu'on sache sur quel signal tacite, le bruit reprend : pleurs d'enfants, ordres des adultes, consignes hurlées, piétinements sourds. Comme une marée, la foule se dirige vers le fond de la salle où se trouvent les escaliers pour descendre à la cave. Les deux fillettes voguent, écrasées, épouvantées, muettes, tentant d'apercevoir le visage familier de leur Nounou pour en tirer un peu de réconfort. Elles ne sont plus Greta et Johanna mais quelques atomes d'un seul grand corps qui les emmène vers une destination inconnue. Soulevées, emportées, elles réussissent à rejoindre l'escalier. Greta serre l'anse de son panier et, de l'autre main, tient sa sœur par le bord de sa cape " Ne pas lâcher, ne jamais lâcher " est sa seule pensée. Johanna, le nez collé sur le drap rêche du manteau qui la précède, s'efforce de ne pas laisser la moindre chance à quiconque de les séparer. Elles parviennent aux marches et c'est alors plus facile. Les lampes de secours brillent faiblement. Elles descendent. La quasi obscurité de l'abri incite aux murmures. Les deux fillettes se glissent jusqu'à l'angle de la cave. Johanna enlace étroitement sa sœur, l'enveloppe dans sa cape et, toutes deux cessent de bouger, petites statues de sel, poussées sur le ciment gris. Les larmes longtemps retenues, coulent, salées, jusqu'au coin des lèvres où reste un goût d'orangeade.

« N'aie pas peur, Nounou va venir nous chercher... ».

Des groupes se forment, des familles tentent de se réunir, on appelle à mi-voix. Ce n'est pas la première alerte. L'abri de l'Hôtel de Ville est vaste et solide. Il résistera. Il suffit d'attendre la fin de l'alerte.

Tout à coup, les rares ampoules s'éteignent. Le souffle d'un oh ! de surprise balaie la foule. Quelques briquets s'allument, leurs frêles flammes poussées par un courant d'air invisible. Bientôt les yeux s'habituent à l'obscurité. Juste au-dessus des petites, se trouve un soupirail. Etrangement orange, étrangement rouge, parfois obscur puis de nouveau incandescent...

Puis il y a les bruits, les détonations, les explosions qui se rapprochent. Les murs qui tremblent. Le sol lui-même semble agité d'une houle. Dans l'abri, des enfants se mettent à hurler. Non loin des fillettes, une femme est tombée à genoux. Instinctivement, la foule se rassemble. Il faut qu'on se touche, que ces individus deviennent une seule masse humaine plus forte, invincible malgré la terreur. La chaleur devient insoutenable. Une poussière de craie pénètre par les soupiraux. Johanna est secouée d'une toux incessante. Morve et larmes mêlées, Greta tente de lui faire avaler un peu d'eau de sa fiole. Surmontant le vrombissement des avions, éclatent les explosions et le fracas des chutes de pierres de plus en plus rapproché.

« Il faut sortir ! Nous allons mourir étouffés ! »

Quelqu'un a jeté ce cri qui devient aussitôt mot d'ordre. C'est alors une panique indescriptible où des corps tombent bientôt piétinés par la foule. Les fillettes rasent le mur, longtemps, patiemment, jusqu'à atteindre les marches encombrées de débris. Elles les gravissent, incapables de penser, petites mécaniques décérébrées, protégées de l'angoisse par le trop plein de frayeur, portées par le ressac d'une foule hébétée. Les sirènes de fin d'alerte retentissent alors.

Ce qui a été la grande salle de réception de l'Hôtel de Ville n'est plus qu'un vaste champ de gravats à ciel ouvert. Et dans le ciel, se disputent les lueurs de l'incendie de la Vieille ville et les longues traînées des fusées éclairantes. Magnifique apocalypse... Les bombardements ont cessé mais des immeubles entiers, illuminés de l'intérieur comme d'énormes lampions, s'écroulent, affaissés sur eux-mêmes, dissous tels des châteaux de neige. Les flammes attisées par le vent jaillissent de chaque fenêtre en draperies fauves. Le ciel est une mer incandescente. On aperçoit des ombres qui rampent au sol, des torches qu'on n'ose imaginer humaines. Et des silhouettes noires courent se détachant sur des murs de flammes. Vers qui courir ? Vers quoi ? En haut d'une tour de l'Hôtel de Ville encore debout, se dresse la statue de la Bonté, une main, paume ouverte, vers la désolation.

Greta et Johanna courent, elles aussi, en traversant la place et s'engagent, au hasard, dans une rue. Certains courent en sens inverse. De la cendre vole en tourbillons et pénètre leurs bouches. Elles courent. La poussière s'insinue sous leurs vêtements, dans leur chevelure. Elles courent. Des murs de flammes s'allument devant elles. Elles courent. Elles happent un air empoisonné et brûlant. Elles courent. Elles courent près des corps carbonisés. Elles courent sous des suaires de cendre. Elles courent sans regarder les visages affreux et les bras tendus. Elles courent. Les musées, les églises sont des fantômes de pierre méconnaissables mais elles courent. Jusqu'à ne plus pouvoir. Jusqu'à tomber recroquevillées auprès d'une canalisation éventrée. Le sang qui cogne à leurs tempes les tient éveillées un moment. Et soudain, le sommeil les prend, par surprise, plus évanouissement que sommeil, disparition, adieu au monde. Tous leurs sens s'absentent en même temps. Disloquées, abattues en plein vol, elles dorment un temps d'une douceur incommensurable.

A 1 h30, les forteresses volantes de la Royal Air Force survolent à nouveau la ville. Greta et Johanna se réveillent. Autour d'elles, tout est noir. Elles sont allongées sur un sol froid. Loin devant elles, elles aperçoivent les lueurs de la ville incendiée. Se redressant sur leurs coudes, elles tentent de comprendre. Où sont-elles ? Leurs capes sont soigneusement repliées sur leurs jambes. Le panier de Greta est posé à côté d'elle. Une respiration, qui n'est pas la leur, habite l'espace confiné qui les entoure. Puis une toux. Puis quelques mots d'une langue qu'elles ne connaissent pas. Puis une flamme. Les pupilles élargies, elles aperçoivent un homme. Il est appuyé contre la paroi. Son visage est gris et las. La lueur vacillante du briquet éclaire des yeux clairs et un sourire. Les explosions leur parviennent, assourdies. Des fulgurances s'allument par intermittences, au loin, au bout de la canalisation où elles sont cachées. A l'abri, dans le ventre de la terre, Johanna et sa sœur se prennent la main et laissent l'inconnu enserrer leurs deux mains d'enfants dans les siennes. Le temps s'écoule, infiniment long.

Tous trois sont aussi silencieux et économes de leurs gestes que possible, comme si l'air alentour les avait englués dans l'image arrêtée d'un film. Comme s'ils n'étaient que bas-reliefs au pied d'une muraille. Comme si un seul mouvement allait réveiller le Dragon qui s'est enfin tu au-dessus de leurs têtes, après avoir arpenté la ville à grands pas imbéciles pour tout renverser de ses ailes maléfiques.

Enfin, l'homme rallume son briquet. Il passe une main aux doigts repliés devant la flamme. Alors, s'anime sur le mur la silhouette d'une tête. L'homme ouvre les doigts et les referme. La bête sur le mur ouvre et ferme la gueule.

- Loup, dit-il.

- Loup, répète Greta.

- Wolf, dit Johanna.

- Wolf, répète l'homme.

Il confie son briquet à Johanna et, c'est tout un bestiaire qui s'anime. De ses deux mains, surgissent la chèvre et l'oiseau, le canard et le dromadaire, un lapin, une sorcière….Et, les mots qui les nomment, en Français puis en Allemand. On devine, on s'entraîne à répéter ces sons nouveaux. On rit du drôle d'accent des uns et des autres. Un tout petit noyau de vie résiste au fond de l'horreur, trois cœurs battants pour que tienne la vie. Trois rires comme de l'eau pour laver la connerie d'en-haut.

On partage du miel, des biscuits et du pain. On boit même du vin. Johanna chante et l'homme applaudit.

On s'endort enfin, des jambes pour oreillers, une capote marquée KG pour couverture.

Lorsque le matin arrive, un grand calme semble régner sur la ville. Prudemment, les fillettes rampent vers l'extérieur, suivies par l'homme. Les voici au-dehors, enjambant des amas de pierres, des ferrailles tordues. La carcasse d'un tramway est restée sur les rails. La fumée obscurcit le ciel. Comment, de cet enfer, peuvent encore surgir ces silhouettes errantes ? Ils sont des centaines. Qui sont ces humains venus des décombres ? Des femmes poussent des landaus chargés d'enfants et de linge. On voit des groupes allongés à même le sol, épuisés par la nuit, des enfants hébétés, des vieillards prostrés près des murs de ce qui fut leur maison. Les secours tentent d'approcher des abris où sont enfouis des vivants et des morts.

Greta et Johanna sont muettes. L'homme les tient aux épaules et doucement les pousse. « Il faut rentrer à la maison, maintenant » « Das Haus ».

Elles se prennent la main et s'avancent, si petites, si étranges dans leurs déguisement froissés au milieu des ruines fumantes. Il reste un instant à les regarder. Elles s'éloignent, Petit Chaperon Rouge et Magicienne qui ont partagé cette nuit avec lui. Elles disparaissent, avalées par la ville fantôme.

A 12h17, ce 14 février 1945, une troisième attaque aérienne s'est abattue sur la ville de Dresde.

Alice

C'est un lit métallique, avec des barreaux, au pied et à la tête, et des boules en laiton doré « pour faire joli ». Alice se sent un peu perdue dans ce grand lit prévu pour accueillir deux corps d'adultes. Elle, elle est toute petite. L'oreiller est trop épais pour sa tête. Elle se tient allongée, bien droite, sous les draps rêches et l'édredon rouge. Sa grand-mère lui a recommandé de tirer sa chemise de nuit soigneusement, jusqu'à ses chevilles, et de joindre ses mains pour faire sa prière.

- Le Bon Dieu te regarde de là-haut. Il voit tout. Ne l'oublie jamais. Et, s'il Lui venait l'idée de te rappeler à Lui cette nuit, il faut que tu sois présentable.

Alors, Alice tire un peu plus sur la chemise en finette beige à fleurs roses et se garde de laisser ses mains s'égarer en dessous.

Chez ses parents, elle dort pelotonnée en vrac, le nez dans son vieil ours qui sent bon. Mais, pendant les vacances, elle doit aller chez Grand-mère et Grand-père.

En face du lit, il y a la porte de la chambre. Alice demande qu'on la laisse ouverte. Et la lumière du couloir doit rester allumée aussi. Au loin, au fond du couloir, il y a un compteur électrique et une sonnette en demi-sphère qui brille. Alice a peur de ce gros œil qui la regarde.

Chaque fois qu'une voiture passe dans la rue, la lumière jaune des phares balaie le mur de la chambre.

Alice compte les voitures. Celles qui montent la rue et celles qui descendent.

Quand elle est fatiguée de compter, ou qu'elle s'embrouille dans ses calculs, elle se tourne du côté du mur. La tapisserie est décollée sur quelques centimètres, juste à hauteur de ses doigts. Au-dessous, il y a du plâtre friable, délicieux à gratter. Il entre sous les ongles et s'émiette en poudre fine. Du bout de l'index, Alice essaie de deviner la forme qu'aura son œuvre au grand jour. Elle voudrait bien réussir à dessiner un chien. Un copain-chien qui dormirait à côté d'elle toutes les nuits.

Alice finit par s'endormir. La fatigue l'emporte.

Toute la matinée, elle a trotté au jardin, ses pas dans ceux de son grand-père. Elle l'a écouté expliquer les pièges à courtilières. Elle a mis les graines de haricots, trois par trois, dans les poquets. Elle a soulevé l'arrosoir, plus lourd qu'elle, et l'a renversé. Elle a respiré, jusqu'au vertige, des odeurs d'engrais et de désherbant dans la cabane. Elle a toussé. Elle a eu chaud. Elle s'est trempée avec le jet d'eau. Elle a ruiné ses chaussures et son chapeau est tombé dans le réservoir. Elle a organisé une course d'escargots au beau milieu d'un carré de jeunes pousses…

- Ne reste pas dans mes jambes que je vais te faire mal…

A la fin de la matinée, ils rentrent du jardin comme deux compères avec des paniers plein de salades et de tomates énormes.

Alice adore son Grand-père et sa patience d'ange. Elle l'observe par en dessous. Il a toujours le ventre ceint d'une large ceinture de flanelle. Un élastique, passé dans le bouton et la boutonnière, retient son pantalon de toile bleue sur son gros ventre. Tout en haut, il y a ses moustaches grises et son nez rouge.

Grand-père n'a pas toujours été vieux. Il y a un portrait de lui, en militaire à épaulettes, dans sa chambre à coucher. Alice le trouve magnifique. C'est un héros. Il a fait la guerre.

Parfois, les yeux bleus de Grand-père ne regardent plus le monde d'ici. Ils regardent des images à l'intérieur de sa tête. Alice voudrait savoir : les obus, les douilles vides exposées sur le buffet, le cheval qui a protégé Grand-père dans son ventre… Quelques mots s'échappent parfois de la tête de Grand-père. Mais, il les retient vite et les chasse d'un coup de sa main déformée aux doigts jaunis par la nicotine. Il attrape son papier Job et sa blague à tabac, se roule une cigarette et prend son journal. Alice s'assoit au pied de la chaise et lit les Aventures du Professeur Nimbus sur le dos du journal.

La cuisine sent la fricassée de pommes de terre nouvelles et l'ail rissolée. Ils mangent, tous les trois, en parlant du jardin, des pêches qui seront bientôt mûres et des fraises qui sont les dernières de la saison.

L'après-midi on joue à la bataille et aux dominos. Alice fait semblant de ne pas voir que Grand-père triche pour la laisser gagner. Elle réclame une nouvelle partie, encore et encore. Elle improvise des danses et des sauts de cabri autour de lui. Elle chante tout son répertoire. Elle agite tous ses grelots pour le faire rire et pour retarder son départ. Grand-mère a fait la vaisselle et a passé un coup de balai. La pendule grignote les heures en vain. Il n'est jamais assez tard pour que Grand-père renonce à sa sortie.

C'est le moment redouté. Grand-père va se lever. Il réajustera son pantalon, passera une veste et s'en ira.

Alice et Grand-mère iront faire un tour dans le quartier, à la recherche d'une bonne commère pour bavarder un moment. Elles marcheront jusqu'au pont du chemin de fer pour regarder passer les trains. Le soleil faiblira. Il sera l'heure de rentrer. Sans beaucoup parler, elles avaleront la soupe de pâtes alphabet, le morceau de gruyère et le reste de tarte aux pommes et puis, il sera l'heure d'aller au lit. Dans le grand lit.

Cette nuit-là, c'est la moustache de Grand-père contre sa joue qui a réveillé Alice. Et puis, des mains calleuses qui couraient partout sur son corps. Et puis un rire et une odeur de vin. L'édredon rouge est tombé. Le drap avait disparu. Alice se cramponnait à sa chemise de nuit en pensant au Bon Dieu qui ne devait pas la voir toute nue. Elle voulait le dire à Grand-père mais un gros noyau de pêche coupant venait de se loger dans sa gorge et l'empêchait de parler et de crier. En même temps, ses jambes étaient devenues comme deux morceaux de bois raides. Seuls, ses bras obéissaient encore un peu et tentaient de repousser le vieil homme. Il est tombé à genoux. Un peu de vomi rose a jailli de sa bouche et a sali la chemise de finette. Alice s'est réfugiée contre le mur, recroquevillée, grelottante et, malgré le noyau de pêche qui faisait de plus en plus mal dans sa gorge, elle a crié.

Grand-mère est arrivée. Elle a éclairé la lumière et Alice a vu sa peau grise et ses cheveux défaits, ses pauvres bras nus et ses yeux fous.

- Vergogna, vergogna, répétait-elle sans cesse.

Elle a tiré grand-père hors de la chambre comme elle a pu en se cognant aux meubles et à la porte.

- Vergogna, vergogna, disait-elle encore en changeant les draps et la chemise de nuit d'Alice.

Elle s'est assise près du grand lit, a tenu la main de sa petite fille jusqu'au matin. Elle a pensé que, dans ce lit, il n'y a pas si longtemps, dormaient ses deux filles. Elle a pensé qu'elle avait cru, parfois, les entendre crier. Elle a pensé que, non, que c'était impossible Elle a pensé qu'elle aurait dû… Elle s'est souvenu qu'elle était si fatiguée. Elle a pensé qu'elle aurait dû… Elle a pensé « elles me l'auraient dit » et puis, très vite, « elles avaient trop honte ». Elle a pensé qu'elle aurait dû… Elle a pleuré.

Le lendemain matin, dans sa chambre, Grand-père faisait mousser le savon dans son bol à barbe. Il a couvert son visage de cette neige, puis il a sorti un grand rasoir dont il a affûté la lame sur une bande de cuir. Et il s'est rasé. Comme tous les matins, Alice a regardé. Comme tous les matins, en retenant sa respiration et, sans dire un mot. C'était la consigne. Tous les matins.

Ensuite, il a demandé :

- Un bisou pour voir si c'est doux.

Comme tous les matins.

Et Alice s'est sauvée. Elle est partie se cacher entre le mur et la vieille machine à coudre. Elle a replié ses jambes, a caché son visage dans ses genoux. Elle n'a pas pleuré. Derrière ses yeux fermés, dansaient des dahlias et des reines-marguerites, des pétales de roses séchées dans sa corbeille de la Fête Dieu, des courses, jambes nues, dans les allées du jardin, des paniers débordant de cerises, des cartes et des jetons de loto. Elle a roulé en boule au fond de son ventre, un grand lit et un chien gravé dans le plâtre. Elle a couvert l'odeur du vin par celle de la terre mouillée. Elle a frotté sa peau de parfum d'herbe tendre. Elle a mis sur sa bouche des ailes de papillon et a plongé sa main dans la jatte de crème.

Elle a tout oublié. Pour survivre, elle a tout oublié.

Information préoccupante

J'ai caché toutes les lettres.

Je ne sais pas encore très bien lire mais je reconnais les enveloppes. Je sais que Papa sera très malheureux s'il trouve ces lettres dans la boîte aux lettres. Et lorsque Papa est malheureux, il boit des bières et des bières, le soir, sur le canapé. Il croit que je ne le vois pas mais je me lève, en cachette, et je pars l'observer jusqu'à la porte du salon, sur mes pieds silencieux comme ceux d'un chat. Il boit beaucoup de bière en relisant les lettres. Le lendemain matin, il ne se réveille pas et, moi, j'ai faim et je suis en retard pour l'école. Parfois, même, il est trop tard pour partir à l'école. On reste tous les deux à la maison. Je m'ennuie. A midi, on mange des raviolis, directement dans la boîte. L'après-midi, je m'ennuie encore. Je pense à mes copains qui apprennent des tas de choses intéressantes et qui s'amusent à la récré. Et je m'ennuie.

Alors, j'ai décidé de cacher les lettres que Papa ne doit pas lire. Je prends la clé dans le vieux pot de fleurs. Dans l'entrée de l'immeuble, c'est de la chance, la boîte aux lettres est dans la rangée du bas. J'arrive juste à la bonne hauteur, sur la pointe des pieds. J'ouvre la petite porte, j'attrape les lettres, je remonte en courant et je les cache dans le corps de mon vieux cheval à bascule qui a perdu la tête.

Comme ça, Papa est un peu moins triste. Il nous fait des frites et du poisson pané. Ensuite, on regarde

La Reine des Neiges. Parfois, je m'endors tout contre lui. Parfois, c'est lui qui s'endort ! Je le réveille et on fait une partie de chatouilles avant d'aller se coucher pour de bon.

Avant, j'avais une Maman, comme tous les enfants. J'ai vu des photos. Elle était belle, ma Maman, avec des cheveux longs et blonds comme ceux de Raiponce. J'ai vu ses robes dans un carton que Papa a rangé en bas de l'armoire, des robes à fleurs et d'autres à paillettes. Elle en avait tant qu'elle n'a pas pu toutes les emporter quand elle nous a quittés. Pareil pour les chaussures. Il en reste de toutes les couleurs. Elles ont de très hauts talons, très pointus. Je m'amuse à les mettre quand Papa n'est pas là. Je prends aussi le sac qui va avec et je défile comme un mannequin devant la glace.

Je ne me souviens pas de ma Maman. Quand elle est partie, j'avais deux ans. Lorsqu'il a trop bu, Papa dit des choses méchantes sur elle. Il dit des vilains mots et qu'elle l'a ruiné. Qu'il devra travailler toute sa vie pour rembourser les crédits, qu'il lui fallait toujours quelque chose de nouveau, une nouvelle télé, une nouvelle bagnole et qu'elle était « in sa tia ble ». Je ne sais pas si c'est un vilain mot… On dirait bien.

La télé, on l'a gardée mais la voiture, non. On prend le bus, le dimanche, pour aller chez Grand-mère. J'aime bien aller chez Grand-mère. On mange du rôti et de la purée en forme de volcan avec du jus dans le cratère, et, en dessert, de la mousse au chocolat. En plus, Grand-mère nous donne tous les restes dans des boîtes en plastique et, le lundi, on se régale encore.

L'an dernier, Papa a perdu son travail, à l'usine. Pour faire bouillir la marmite, il a eu une idée. Il devait distribuer des publicités dans toutes les boîtes aux lettres des maisons. Comme j'étais trop petite pour aller à l'école et que la voisine en avait assez de me garder gratuitement, je partais avec lui au boulot. Il m'entortillait dans une couverture et, hop, dans ma poussette, on partait faire le tour du quartier. C'était chouette ! Sauf les jours de pluie, de neige, de vent ou de canicule. Papa avait un gros sac à dos plein de journaux. Il m'en donnait un exemplaire. A Noël, je pouvais regarder tous les jouets que le Père Noël allait oublier de m'apporter.

En rentrant de la tournée, on passait au Resto du cœur. Un jour, la dame des restos m'a donné un gros sac de papillotes. Papa a pleuré en rentrant. Pourtant, j'avais partagé les papillotes avec lui.

Parfois, on entrait un moment au Bistrot des Copains. Pour se réchauffer ou pour se mettre au frais, et pour reprendre des forces. Papa buvait un tout petit verre et moi un grand avec du lait chaud et une paille.

Maintenant, je vais à l'école et Papa part tout seul le matin, pour chercher de quoi faire bouillir la marmite.

Et les lettres arrivent de plus en plus nombreuses.

Une Dame est venue nous rendre visite, l'autre jour. On l'attendait. On avait rendez-vous. Papa a fait le ménage tout le dimanche, dans l'appartement. Il a lavé la vaisselle en retard. Il a vidé les poubelles. Il a rangé tous les vêtements qui traînaient en vrac sur toutes les chaises. Il a astiqué l'évier, les toilettes et le lavabo. Il a passé le balai et la serpillère partout. Il a replié le canapé. Dans ma chambre, il a changé les draps. J'ai aligné mes doudous sur mon lit comme pour la parade. Et on a fait des courses pour remplir le frigo et le placard. Papa a mis le gros paquet de céréales bien en vue sur l'étagère. Après tout ça, il a regardé autour de lui et, il a dit :

- On se croirait chez Ikea !

Ikea, je ne connais pas, mais d'après Papa, c'est un endroit « pour claquer du fric en achetant des conneries »

N'empêche, il a fallu rester, sans bouger, sans rien déplacer, tout le dimanche soir et même le lendemain matin, il a fallu rincer les bols et les ranger. Papa m'a lavé les cheveux et m'a mis mon pantalon rose qui arrive presque jusqu'à mes pieds.

La Dame est arrivée.

On aurait un peu dit une maîtresse d'école. D'ailleurs, Papa était comme un petit garçon bien sage avec elle. J'ai vite ouvert la porte du placard pour montrer à la Dame le gros paquet de céréales.

- Ah ! Je vois que tu aimes les céréales ! a-t-elle dit.

- Heu… Je sais pas… J'en ai jamais mangé.

Papa a vite proposé un café. Ils se sont assis tous les deux autour de la table. Moi, j'ai essayé d'écouter ce qu'ils se disaient mais je ne comprenais pas tout. La Dame expliquait à Papa qu'il devait être raisonnable. Elle avait la voix douce et Papa ne parlait pas beaucoup.

J'ai vu que Papa avait oublié de mettre sa potion magique dans son café. D'habitude, il en ajoute toujours un peu. Il dit que ça lui donne du courage pour la suite. Avec la Dame qui posait des tas de questions, j'ai bien compris qu'il avait besoin de tout son courage. Pour montrer que j'étais une grande fille, je suis allée chercher la bouteille dorée. Il l'avait mise sous l'évier, ce jour là, mais j'avais bien observé. Je l'ai trouvée. Je suis très maline !

Papa a eu l'air contrarié. La Dame aussi.

Je suis partie faire un dessin. Comme Papa avait rangé mes feutres de toutes les couleurs, j'ai été obligée de prendre le gros feutre noir. J'ai dessiné une petite fille avec des cheveux dressés comme des épines et je n'ai pas pu faire le soleil parce que je n'avais pas de jaune. Je suis quand même allée offrir mon dessin à la Dame. Il n'était pas très beau mais elle a fait semblant de l'admirer quand même.

Après, on est allé visiter ma chambre. J'ai vu mes doudous sur le lit et, d'un seul coup, je me suis souvenu qu'il y avait quelque chose dans le ventre de mon Doudou-Lapin. Au supermarché, Papa m'avait dit :

- Tiens, mets- lui donc ça dans le ventre à ton Doudou-Lapin. Le foie gras, ça le changera des carottes. Et nous aussi…

En rentrant des courses, j'avais oublié de sortir la petite boîte du ventre de mon Doudou. Heureusement que je m'en suis souvenu. La Dame a dû penser que j'avais une bonne mémoire ! Papa a fait semblant de ne rien voir.

Après, on est passé devant les toilettes.

- C'est Nickel-Chrome ! j'ai dit. On a tout nettoyé hier…

Au cas où la Dame aurait eu envie de faire pipi.

Mais, non, elle est partie…

Avec Papa, on a mangé le foie gras. Papa s'est servi un verre de la bouteille dorée. Je n'aime pas l'odeur, on dirait un médicament. Il m'a permis d'ouvrir la boîte de céréales. J'en ai mangé une tonne et je suis partie me coucher, presque sans bisous.

Le lendemain matin, Papa dormait, la tête dans les bras, sur la table de la cuisine. Je ne suis pas allée à l'école. J'ai fini les céréales et j'ai regardé la télé jusqu'au soir. La bouteille dorée était vide.

Quand il s'est réveillé, Papa m'a pris sur ses genoux et m'a expliqué que j'allais partir en vacances chez des gens très gentils, à la campagne. Il y aurait un chien, un chat et d'autres enfants.

- Je pourrai emmener mon Doudou-Lapin ? j'ai demandé.

- Oui, bien sûr.

- Et tu viendras me chercher ?

- Oui, bien sûr.

- Et pendant que je serai en vacances, tu pourras faire bouillir la marmite ?

- Oui, bien sûr.

Alors, maintenant, nous voilà, tous les deux sur le quai de la gare. J'ai un sac et mon Doudou. On attend le train pour les vacances. C'est la Dame qui va m'accompagner. Papa doit rester pour le boulot.

Il me prend dans ses bras et me serre très fort. Je sens sa figure toute mouillée et sa barbe qui pique.

- Papa, je ne veux plus partir en vacances. Ça sent mauvais dans cette gare. Emmène-moi au parc. Emmène-moi à la vogue. Emmène-moi au cirque. Emmène-moi chez Mamy. Emmène-moi voir Guignol. Emmène-moi à la maison.

Mais Papa me repose sur le quai. Le train arrive. La Dame me prend par la main. Je suis trop légère pour résister. Je suis trop glacée pour pleurer.

Ce qui m'embête, c'est qu'il n'y aura plus personne pour cacher les lettres que Papa ne doit pas lire.

Nina

Je suis cachée, ô combien cachée… Personne ne connait mon existence, personne ne m'a jamais vue. Et pourtant je suis là. Calfeutrée, minuscule, amas incertain de cellules, je suis bien vivante dans l'énigmatique grotte marine. Fougère en crosse dépliée, je danse en apesanteur, appuyée sur le fluide tiède, dans la houle et les remous. Je culbute en mer chaude. Je funambule. Mon cœur précipité palpite au flux et au reflux.

Un jour, j'envoie un signal. Un frémissement ténu affleure à la conscience de celle qui me porte. Comme un trot de souris débusquée dans la nuit, sous la lumière vive. Elle ne sait pas encore que j'existe. Elle est si jeune, ma mère. Quinze ans, tout juste. Elle court, elle chante et s'amuse. Que va-elle faire de moi ? Je suis arrivée par hasard, dans son ventre, un jour de fête. Elle a déjà oublié ce garçon gentil et maladroit qui s'accrochait à ses seins menus. Il s'est relevé très vite et s'est sauvé. La fête a continué. C'était comme si rien ne s'était passé. Elle a bu, un peu trop, un peu plus, et la fête a continué. Et sa vie a continué.

Je l'accompagne au lycée. Elle se tient droite ma mère. Je me tiens droite moi aussi. Pas question de se laisser aller, de se rouler en boule et de remplir ce ventre ferme. Je me serre contre ses côtes, enfouie, invisible, ignorée. Elle est bonne élève, ma mère. Elle ne mérite aucun reproche.

Ses parents surveillent ses notes, la longueur de ses jupes, l'heure de son retour et son emploi du temps.

Elle est tenue de réussir sa vie, de ne pas « tirer le diable par la queue » comme ils disent. Eux, ils n'ont pas eu sa chance. Il leur a fallu abandonner les études trop tôt, se consacrer à un travail qu'ils n'ont pas choisi. Ils vivent petitement, à crédit, pas au jour le jour, mais presque. L'idée qu'elle fera mieux qu'eux les fait avancer. L'idée qu'elle ne doit pas les décevoir la fait avancer.

Lorsqu'il part sur son scooter, dans le petit matin glacé, son père pense à elle. Encore quelques années et elle sera infirmière ou institutrice. Fonctionnaire, en tous cas. A l'abri du licenciement et du chômage.

- Un métier propre, ajoute sa mère.

- Je ne veux pas que ma fille s'éreinte à faire le même geste, sur une machine, à longueur de jours ni qu'elle vive dans le bruit et la poussière comme moi.

C'est pour cela qu'ils sont sévères avec elle. Pas de télé, pas de sorties. Ils ont cependant accepté qu'elle se rende à la « soirée d'intégration » des classes de seconde. Ils sont fiers qu'elle soit lycéenne.

Tous les jours, Nina se maquille en cachette dans les toilettes du lycée. Elle troque ses mocassins contre des ballerines et retourne deux fois la ceinture de sa jupe pour découvrir ses genoux qu'elle a parfaits. Elle détache ses cheveux et, vogue la galère, va à la rencontre du monde.

Avec moi, dans son ventre, depuis bientôt cinq mois.

Je tente un léger coup de poing, un étirement, un pédalage nocturne. De mes deux mains en roses coquillages, j'attrape mon cordon et je me balance, petit Mowgli des jungles utérines au rythme d'un mystérieux tambour. Et, je l'écoute. Passionnément. Je connais son rire, son chant. J'applaudis en cachette…

Comment me faire entendre ? Je suis si seule dans mon aquarium d'eau tiède. Nageuse des abysses, poissonne ignorée, abandonnée, j'attends mon heure, assoiffée de caresses, éperdue de tendresse pour cette ingrate qui danse autour de moi comme si je n'existais pas. Elle adore la gymnastique, les barres asymétriques surtout. Elle se balance sur ses bras fermes, la voici tête en bas. Elle lance ses longues jambes pour un ciseau irréprochable et retombe souplement au sol. Je m'accroche ! Les poissons ne connaissent pas le vertige !

Ma mère est allée au vide-grenier, ce dimanche. Elle a acheté une vaste salopette à bretelles et un pull tout doux, trois fois trop large pour elle. Je vais pouvoir grandir.

Nous nous réveillons ensemble, tous les matins. J'entends sa musique. Je sais qu'elle va bouger. Depuis quelques jours, elle pose sa main sur son ventre dès qu'elle ouvre les yeux. Je réponds vite à sa caresse. Le temps est-il venu de la reconnaissance ?

Non, elle ne veut pas savoir. Je redouble de discrétion mais mon petit cœur continue d'espérer.

Elle a toujours faim. Elle mange comme quatre et prend du poids. Elle est excellente à l'école, impeccable à la maison. Personne ne s'inquiète.

Moi, dans mon bouillon, je me dis que tout cela devra bien finir un jour. J'ai de moins en moins de place et je prends des courbatures à force de reste immobile. Hop là ! Tant pis pour le dérangement, je culbute ! Me voici tête en bas, les bras en corbeille autour de mon torse, les jambes repliées sur le ventre. J'arrive à attraper mon pouce, c'est une bonne compagnie... Je suis bien.

Un jour, un hurlement me parvient, assourdi, mat, en écho vibrant contre les parois de ma grotte. Le liquide circule autour de moi. Mon cœur s'affole, celui de ma mère aussi. C'est elle qui hurle ainsi. Elle souffre, je ne peux pas l'aider, pas encore. Je sais que l'heure est venue pour moi de me glisser hors d'elle, vers l'inconnu et le froid. Mais elle ne sait pas que j'existe. Elle ne comprend pas cette douleur démesurée qui lui vrille les reins. Elle hurle de terreur encore et encore.

- Maman ! Il nous faut de l'aide ! Nous sommes trop seules. Nous ne réussirons pas toutes les deux à rester vivantes si tu n'appelles pas à l'aide très vite. Maman, j'ai peur de ta peur. Ta douleur circule dans mon corps en ondes empoisonnées. Délivre-moi de toi. Tu verras, je serai sage, comme toujours. Tu m'aimeras bien un peu et moi, je t'aimerai pour deux.

Les vagues douloureuses ne cessent de nous précipiter vers la fin. Ma mère ne hurle plus. Elle économise son souffle. Elle veut économiser ses mouvements mais son corps arcbouté ne lui obéit plus. Elle est tantôt recroquevillée sur son ventre, dur comme la pierre, tantôt affalée au sol comme une marionnette dont les fils auraient lâché.

Les lames de fond déferlent encore et encore pendant des heures, se brisent en furie contre son jeune corps, ouvrent des brèches, renversent la digue qui me tenait à l'abri. Ma mer s'écoule. Je dois m'enfuir. Je m'engage à l'aventure dans le passage. Mes tempes sont comprimées. J'ai mal mais je veux vivre. La vie m'aspire vers un ailleurs inconnu mais irrésistiblement tentant. Je dois continuer à ramper dans ce couloir malcommode et gluant. Je pousse de la tête. Mon nez, mes yeux sont écrasés. Je pousse des épaules. Ma poitrine est broyée. Je pousse de mon dos. Je souffre de partout.

Enfin, voici la porte, voici le gué… Un licol m'enserre le cou. Je sens des mains qui me délivrent et mes poumons me brûlent. On me hisse comme un paquet. J'ai froid, je suis trempée. La lumière m'éblouit. On me frotte. On me pose. Je crie des gargouillis. Je suis si fatiguée…

Il pleut sur mon visage. Je dois ouvrir les yeux, dire bonjour à ma mère. C'est elle qui pleure là-haut.

- Qui es-tu ? Vilaine grenouille rouge. D'où viens-tu ? Comment as-tu réussi à germer dans mon ventre et à devenir si grosse sans que je n'en sache rien ? Que vais-je faire de toi ? Je veux réussir mon contrôle de maths demain. Je veux devenir championne de gym. Je veux courir le monde. Je veux être amoureuse. Je ne veux pas d'enfants.

Ma mère est bien fâchée. Elle pleure, sans cesse, mais me garde contre elle. J'entends son cœur qui bat. Je dois ouvrir les yeux. Et j'ai faim de son lait. Je dois l'apprivoiser. Je suis si fatiguée…

- A-t-elle un nom cette petite fille ? demande une voix au-dessus de nous.

- Ninon ? dit celle qui disait « non ». Ninon, je vais l'appeler Ninon et je vais essayer de l'aimer.

J'ouvre mes yeux et je la vois enfin, et elle me voit enfin.

Et nous nous donnons vie. Me voici fille, la voici mère.

D'où vient le besoin d'écrire ? De quels replis de ma mémoire sont nés ces dix enfants ? Par quelle faille s'en sont-ils échappés ?

Au moment de les quitter, je m'interroge.

Ma mémoire serait une étoffe pliée et lourde, un grand drap de lin blanc, brodé aux initiales de mes ancêtres d'un point de bourdon serré, entremêlées de ramages et d'arabesques.

Ma mémoire serait ce grand drap qu'il faut tenir à deux, à bout de bras dans la plus grande pièce de la maison après l'avoir fait sécher au vent. On le plie dans sa largeur en enfermant les parfums du jardin puis l'on se rapproche jusqu'à se toucher les mains. Les coins sont bien tenus, on s'écarte à nouveau, on tire sur la toile. Elle obéit, docile, enferme les paroles, les images, emprisonne les larmes, se ferme sur l'indicible. Plus rien ne s'en échappera. L'objet est dense, parfait, loin de ce qu'il était lorsqu'il claquait au vent. Le voici dans l'armoire, bien caché.

Ma mémoire serait ce grand drap plié et, au pli le plus fermé, dans la plus profonde épaisseur, se trouveraient ces dix enfants et, peut-être d'autres, à naître encore.

Un enchantement les a fait surgir avec des mots. La partie de cache-cache est terminée.

Ils vont aller leur chemin.

Je vous les confie avec l'espoir et l'inquiétude de toutes les mères qui voient partir leurs enfants. Donnez-moi de leurs nouvelles !

Saint Genis les Ollières le 2 janvier 2018

Histoires

1) Le frangin p.9
2) Exercice de confinement p.17
3) Ma pomme p.23
4) Carton p.29
5) Rodolphe p.37
6) Kidnapping p.47
7) Carnaval à Dresde p.51
8) Alice p.61
9) Information préoccupante p.69
10) Nina p.77

Remerciements pour leurs conseils, à Denise et à Annie, mes premières lectrices.

Remerciements à Michel pour son aide technique à la mise en page.